VENTE

du Vendredi 29 Juin 1906

HOTEL DROUOT — SALLE N° 9

A 2 HEURES

EXPOSITION PUBLIQUE

Le Jeudi 28 Juin 1906

DE 2 A 6 HEURES

TABLEAUX

Anciens et Modernes

PASTELS - AQUARELLES - DESSINS

Mᵉ Gustave COULON

COMMISSAIRE-PRISEUR

12, Rue de la Victoire, 12

M. L. OPPENHEIMER

EXPERT

13, Faubourg Montmartre, 13

IMPRIMERIE ARTISTIQUE
C. CHARDON
RUE MILTON 8 ET 10
PARIS

CATALOGUE

DE

TABLEAUX ANCIENS

Ecole Italienne et autres

TABLEAUX MODERNES

AQUARELLES, PASTELS, DESS ?

PAR

Rodighiero, Mery, Giotta, R. Salles, Minidret, Protin
Werych, Vilgirot, Dalmatt

DONT LA VENTE AURA LIEU

HOTEL DROUOT — SALLE N° 9

Le Vendredi 29 Juin 1906

A 2 HEURES

PAR LE MINISTÈRE DE :	ASSISTÉ DE :
Mᵉ Gustave COULON	M. L. OPPENHEIMER
COMMISSAIRE-PRISEUR	EXPERT
12, rue de la Victoire, PARIS	*13, rue du Fᵍ Montmartre, PARIS*

EXPOSITION PUBLIQUE

Le Jeudi 28 Juin 1906, de 2 heures à 6 heures

CONDITIONS DE LA VENTE

La vente sera faite expressément au comptant.

Les acquéreurs paieront *dix pour cent* en sus des enchères.

L'exposition mettant le public à même de se rendre compte de la nature et de l'état des objets, aucune réclamation ne sera admise une fois l'adjudication prononcée.

Paris. — Imp. C. Chaufour, 8-10, rue Milton

DÉSIGNATION

TABLEAUX ANCIENS

TIEPOLO (Ecole de)

1 — La Madeleine.

BERGHEM (Ecole de)

2 — Paysage.

DOMINICAIN (Ecole du)

3 — La Sybille de Cumes.

ÉCOLE ITALIENNE

4 — Deux toiles décoratives : Poissons.

5 — Femme et deux bébés.

6 — Madone.

7 — Deux têtes de femme.

8 — Crâne.

9 — Portrait de gentilhomme.

10 — Portrait d'homme.

11 — Portrait : Saint Charles-Borromée.

12 — Conseiller des dix, R. V.

13 — Florentin.

14 — Madone. (Grisaille).

15 — Noble vénitien.

16 — Galères vénitiennes.

17 — Christ et la Vierge.

18 — Saint-Gérôme.

19 — Paysages : Sorrente et Capri.

20 — Deux têtes. Toile.

21 — Arabe. Toile.

22 — Enfant sculpteur. Toile.

23 — Intérieur paysan. Toile.

24 — Suzanne et les vieillards Toile.

25 — Paysage. Toile.

26 — Doge de Venise. Toile.

27 — Nature morte. Toile.

28 — Tapis d'Orient. Toile.

29 — Dame noble. Toile.

30 — Noble vénitien. Toile.

31 — Adam et Ève.

TABLEAUX MODERNES

RODIGHIERO

32 — Portrait de Cléo de Mérode.

33 — Portrait de femme.

34 — Danseuse algérienne.

35 — Le Dante.

36 — Marché aux modèles.

37 — La prière le soir sur la lagune.

38 — Vue de Venise.

39 — Vue de Venise.

40 — Vue de Venise.

41 — Nature morte.

42 — Fleurs.

MERY (Ch.-L.).

43 — Fleurs.

GIOTTA

44 — Jeune fille grecque.

BENVENUTO

45 — Venise.

ROBERT SALLES

46 — Marine.

47 — Marine : La sortie du port.

48 — Marine : Goëlettes au bassin.

49 — Intérieur de corderie.

50 — Marine : Les guetteurs.

51 — Marine : L'heure du bain.

52 — Paysage : Vieilles masures à Avranches.

53 — Guinguette.

54 — Jardin de Léandre. Effet de neige.

55 — Marine : Au bassin.

56 — Paysage : Chasseurs dans les betteraves.

57 — Marine : La grève.

58 — Paysage : Ferme normande.

59 — Marine : Ile de Bréhat.

MINIDRET

60 — Marine.

PROTIN (A.)

61 — Marine.

62 — Marine.

WERYCH (Marie)

63 — Paysage : Bruyères.

CABANEL (D'après)

64 — Vendetta.

VILGIROT

65 — Marine au couchant

PASTELS

RODIGHIERO

66 — Jeune femme à l'essayage.

67 — Buste de jeune femme.

68 — Parisienne (à la cire).

69 — Tête de femme (à la cire).

70 — Buste de femme.

71 — Buste de femme.

AQUARELLES

BRASILIER (Marguerite)

72 — Paysages.

73 — Paysage.

74 — Paysage.

75 — Paysage.

ROBERT SALLES

76 — Danse du ventre.

77 — Danseuse.

78 — Danseuse.

79 — Petit marocain.

80 — Joueur de Méjoued.

DALMATT

81 — Paysage.

82 — Paysage.

DESSINS

BARTHOLDI

84 — Lion de Belfort.

HENNER

85 — Frileuse.

FALGUIÈRE

86 — Violoncelliste.

YON (E.)

87 — Paysage.

LAURENS (J.-P.)

88 — Louis XVI.

BLANC (Joseph)

89 — L'Espérance.

RIXENS

90 — La Chimère.

LUMINAIS

91 — Tête d'enfant.

JACQUET

92 — Page d'album.

SCHMITT

93 — Orage d'automne.

DELACROIX (Henri).

94 — La Charité.

95 — Décoration.

LEROY SAINT-AUBERT

96 — Jeune femme.

BOUCHER (A.)

97 — Les coureurs (étude pour)

CHRÉTIEN (E.)

98 — La Poésie française.

MUCHA

99 — Le Réveil du printemps.

NOÉ LEGRAND

100 — Croquis parisiens.

BALLURIAU

101 — Modèles à l'atelier.

LÉANDRE

102 — L'Hiver.

BRASILIER (Marguerite)

103 — Paysage (fusain).

ROBERT SALLES

104 — Paysanne (fusain).

105 — Femme nue.

106 — Breton.

107 — Femme moderne.

108 — Femme Louis XV.

109 — Sacristain.

110 — Au pressoir.

111 — Jeune pêcheur.

PRUDHON (Attribué à)

112 — Jésus-Christ et ses disciples. Dessin au
crayon.

INGRES (Attribué à)

113 — Portrait de femme. Dessin au crayon.

114 — Sous ce numéro seront vendus les tableaux
omis au catalogue.

MIRE ISO N° 1
NF Z 43-007
AFNOR
Cedex 7 - 92080 PARIS-LA-DÉFENSE

379.88.70
graphicom